KB093567

푸른사상 시선 149

풀이라서 다행이다

푸른사상 시선 149

풀이라서 다행이다

인쇄 · 2021년 9월 10일 | 발행 · 2021년 9월 15일

지은이 · 한영희
펴낸이 · 한봉숙
펴낸곳 · 푸른사상사

주간 · 맹문재 | 편집 · 지순이, 김수란 | 마케팅 · 한정규
등록 · 1999년 7월 8일 제2-2876호
주소 · 경기도 파주시 회동길 337-16(서패동 470-6) 푸른사상사
대표전화 · 031) 955-9111(2) | 팩시밀리 · 031) 955-9114
이메일 · prun21c@hanmail.net /prunsasang@naver.com
홈페이지 · http://www.prun21c.com

ISBN 979-11-308-1822-1 03810
값 10,000원

전라남도 전라남도문화재단
이 책은 전라남도, 전라남도문화재단의 후원을 받아 발간되었습니다.

푸른사상 시선
149

잠이 들지 않는 밤 눈 동그랗게 뜬 채 바짝 마른 별치를 다

고 간직한 바다의 크기였을 것이다 말라버린 바다를

풀이라서 다행이다

한영희 시집

끝으로 만져보는 단단한 잠 뒤돌아서 눈물을 닦던 당신의 밤도 이렇게 말라갔는지 짠내 나는 조각

에 담으려고 밤을 뒤척이던 별치 같은 사람들 낡은 비늘 서둘러 닦고 새벽을 나선다 창밖 바닷소리 들릴 때마

| 시인의 말 |

퍼즐 조각처럼 흩어져 살아도

하나가 빠지면 텅 빈 계절 같은 여기

나는 그들과 함께 오늘을 채우고 있다

우리는 다시 만날 수 있을까

2021년 여름
한영희

| 차례 |

제2부

제3부

제4부

뒤척여도 잠이 들지 않는 밤 눈 동그랗게 뜬 채 바싹 마른 멸치를
[illegible] 있던 가늘고 검은 똥이 멸치가 삼켰던 바다의 크기였을 것이다

제1부

따로 모은다 염을 하듯 손끝으로 만져보는 단단한 삶 뒤돌아서 눈물을 닦던 당신의 밤도 이렇게 말라갔는지 전내 나는 조기
으려고 밤을 뒤척이던 멸치 같은 사람들 낡은 비늘 서둘러 닦고 새벽을 나선다 창밖 바닷소리 들릴 때마다 꿈틀거리는 액자

풀

지팡이에 이끌려 뒷골목을 빠져나온 노인이
왼발 오른발 규격에 맞춰 걷는다
울퉁불퉁한 길 위에서
넘어지며 살았으리라
몸이 기우뚱거릴 때마다
바닥을 잡고 일어서는 그림자
불꽃 같은 풍경을 굴리며 간다
바람이 불 때마다
한 꺼풀 또 얇아지는
발목

떨림

잠자리 한 마리가 거미집에 들어와
어름*으로 거미의 혼을 빼놓고 있는데
길고양이 밥자리를 놓고
숨바꼭질 놀이를 시작한다
스무 날쯤 굶어 기어갈 힘조차 없는 거미와
바람을 노래하는 어름꾼이 하나가 되는 시간
날개옷을 입어도 먹이로 결정되는
줄타기의 법칙
냄새를 버리는 사람들
허기를 먹는 고양이들
풍선처럼 부풀어 오른 배를 보며
포식자라는 이름이 달리는 것인데
가슴 뛰는 숨소리는 탄력을 묘사하고
물이 빠져나간 껍질을 바람의 등에 실어 보낸다
치워진 밥그릇은
어디에 숨겨놓아야 하나

* 남사당놀이의 줄타기 재주.

화석

도로를 건너가는 두꺼비 한 마리
자동차가 밟고 지나간다

납작해진 몸에서
생각이 빠져나가고
눈물이 빠져나가고
가족들의 얼굴이 모두 흩어지면

바닥에 자국을 남긴 두꺼비
오래도록 저곳에서 몸이 말라갈 것이다

식지 않는 체온 위로
툭, 툭 동백 지듯 비가 내린다

공존

본색은 언제나 얼굴 뒤에 숨어 코를 씰룩거린다

지구 반대편에서 시작된 기침이 새벽 5시를 깨울 때, 혹은 여기서 가라앉은 해가 저쪽으로 얼굴을 내미는 오후 7시

해바라기를 잘라 간 손이 사람들 사이를 잽싸게 빠져나간다

나는 절망을 잊기 위해 얼굴을 바닥까지 가져가곤 한다

개미가 자기의 두 배쯤 되는 동료의 주검을 물고 바르르 떨고 있다

바람의 피를 묻히고 달려온 자동차가 세차기에 몸을 맡긴다

지나가던 먹구름이 검은 차 유리에 맨발바닥을 붙이고 눈물을 뿌린다

길가에 활짝 웃던 빈 깡통을 숯불 위에 올린다 배어 나온 육즙이 돼지의 유서 같다

길바닥 여기저기 얼굴들이 발길에 차인다 독감에 걸린 자명종이 콜록거린다

허기가 가득 차면 차가운 식탁을 데우고 갈 때도 있다

까막눈

'먹지 마세요'

글자를 읽을 줄 모른다던
머슴 박씨가

농약을 마시고 자살했다

눈꽃

어젯밤 내린 눈 위에 써놓은 글씨
보고 싶다
눈(眼)들이 하늘에서 꽁꽁 얼어
지상으로 내려온 것일까
봄에 태어난 느티나무 어깨에도 내린다
육각형의 얼음 결정체들을 끌어안은 나무는
꽃으로 피어난다
백로가 되어 날아오르듯 꽃가루를 날렸으나
떠오르지 못한다
고장 난 부채처럼 접혀지지 않는 날개
서로를 품에 안고
한 계절을 머물러도 좋겠다

때까치 우는 저녁

입만 열어두고 속은 알 수 없는
블랙홀로 빨려 들어가는 사람들

터널에게 심장을 내어준 산과 그 속에 똬리를 튼 터널이
연인처럼 부둥켜안고 마른 눈물을 흘리고 있다

가슴에 블랙홀을 품은 군상들
내일이 없는 사람처럼 하루를 녹여 먹는다
오늘은 어제의 너를 표절하며
울창한 숲으로 들어갈 수 있을까

흐리멍덩하게 먹어버린 날들로 퇴적층이 쌓여간다

죽은 나무를 심어놓고 24시간 불을 지피는 터널
까악 까악 심장병을 앓고 있는 산
빈 가슴 채우는 저녁
해를 삼킨 어둠이
소리를 지르며 뛰쳐나온다

하루가 맨몸으로 기어가고 있다

라디에이터

한쪽 가슴이 떠났다고 울먹이는
그녀의 얼굴이 떠올라
뜯어낸 냉각기를 눈으로 쓰다듬어본다

뜨겁게 살다 갔구나
워셔액을 칙칙 뿌리고
유리 한 번 닦아내고

밤이면 창문에 기댄 달빛이
잠든 그녀의 얼굴에 안부를 묻고

그 사람이 환하게 웃고 있었어
좋은 냄새가 나는 꿈이었어

싱싱한 가슴을 달았으니
눈물은 이제 그만

그를 보내줘

로드킬

바닷속 물고기처럼

꽃밭의 꿀벌처럼

자유를 꿈꾸는 곳으로

야옹 야옹 날아가거라

무덤에서 삼색 나비꽃이 훨훨 피어오르겠구나

와온 해변

짱뚱어들이 튀어나온 눈알을 두리번거리며
살금살금 다가온다
해는 어디로 떠밀려갔는지
하늘이 먹물을 머금고 있다
바다를 향해 나란히 앉은 봉분 한 쌍은
어떤 이의 간절함을 담고 있을까
일 나간 통통배 한 척
바다를 등에 지고 집으로 돌아온다
저녁 식사 나온 흑두루미 가족
발자국 소리에 놀라 날개를 부풀리고
매일 숨구멍을 오르락내리락하는 나처럼
갯벌의 작은 게들이 집과 일터를 바쁘게 기어 다닌다
방파제 끝에 매달린 조각배들은
작은 파도를 잡아타고 돌고래처럼 그네를 뛴다

봄에서 여름 사이

우산이 사람을 매달고 날아오른다

우산은 구석에 등을 의지한 채 온몸이 젖어드는 외출을 꿈꿔왔을 것이다

날개를 펼치는 횟수만큼 나이를 먹어가는 것일까

낡아버린 손과 휘어진 갈비뼈가 위태로워 보인다

소란한 빗방울이 우산을 때리고 있다

틈을 비집고 스며드는 비의 시체들

무릎을 구부릴 때마다 지상에는 웅덩이가 생겨났다 지워진다

바닥에 무지개가 뜬다

꽃 몸살을 앓던 개나리가 죽고

민들레는 새끼들을 찾아서 흩어진다

채워도 자꾸만 비워지는

어떤 사이

햇볕이 들어온 날

1

절뚝거리며 걷는 남자
그가 가까이 왔을 때
등 뒤로 따라오는 슬픈 눈을 보았다

희끗희끗 융기된 턱수염
숨 가쁘게 흐르는 두 뺨

2

며칠 후 그는
딸과 아내와 집 앞에 서 있었다
그는 딸을 데리고 집으로 돌아가고
아내는 야간 근무를 위해 출근하는 중이었다

큰길을 사이에 두고
작은 이별을 하고 있었다

3

햇살 좋은 늦봄 오후 횡단보도 앞에 서 있는 남자 걷지 않아도 되는 순간을 환하게 웃고 있었다 마당가에 핀 노란 장미를 보고 불편한 다리를 굽히던 당신처럼

문상

속을 태우고도
가루가 되지 못한
연탄들
수의를 입고 있다

누군가
뜨거운 물 한 잔 마시고
밤을 녹였겠지

뜨거웠으면 그뿐

복숭아밭 끝자락에 제 몸 쌓아
봉분을 만들었다

떼도 입히지 않은
볼품없는 무덤에

내가 다녀가고

술을 치듯 공손하게 새들이 다녀가고

발자국도 없이 진눈깨비가 찾아오고

저수지의 내력

발을 담그고 있는 버드나무 한 그루 긴 머리카락을 흔들고 있었다

바닥을 허옇게 드러낸 여자의 맨살 위로 버들강아지들이 살망 살망 내려앉았다

몸이 불어나던 날 다급한 손길들이 밤새 수문을 두드렸다

바람이 속내를 뒤집어놓고 바닥에 가라앉았던 찌꺼기들이 수면 위로 떠올랐다

밤에도 잠들지 않는 귀는 늙은 백로의 오래된 은유처럼 찰랑거렸다

치어들이 수심 깊은 곳에서 그녀의 젖을 빨고

폭설의 날에는 은쟁반 위에 백설기를 올려놓고

돈 벌러 간 남편을 구백아흔일곱 날 기다리다 물에 빠져 죽었다는 소리가 울려 퍼졌다

적막한 한 평

싱싱 요양병원 701호 갑돌이 할아버지는 89세다 허리가 아픈 할머니는 간이침대에서 불편한 밤을 보내고 집으로 돌아가셨다 그 후 갑돌이 할아버지는 우리 아내 좀 찾아주씨요 아내가 보고 싶소 그런데 내가 똥이 안 나오요 똥 좀 싸게 해주씨요 녹음기처럼 반복한다 치매가 있는 할아버지가 집 전화번호를 알려주신다 오이삼에 삼팔광땡이란 말이요

여보, 당신이요
보고 잡소
언제 올 거요
내일 아칙에 일찍 오씨요

죽을힘을 다해 지켜낸 밥알들

죽을 때까지 한 평 침대만이 싱싱한 바닥인 것을

금이빨 삽니다

신발을 수선하는 건
잠시 맨발을 보이는 일이다
손님을 맞는 구두 수선집 주인의
친절함 안쪽에서 흘깃
금이빨을 보았으니
나와 그는 쉬 드러나지 않는 자리를
서로에게 보여준 셈일까
어쩌면 별것도 아닌데
구두약 찌든 까만 손이 금보다 값진 걸 알면서도
나는 자꾸 맨발 한쪽을 종아리 뒤로 숨긴다
그의 수고는 삼천 원이다
고친 신발을 받아들다 까맣게 빛나는
그의 손톱을 본다
해지고 찢긴 바닥을 매만지며
몸으로 터득했을 시간들이
웃음에 비친 그의 금이빨처럼 반짝인다
구두 수선집을 지나갈 때마다
신발을 고치는 것과

금이빨을 사는 것의 관계가 무언지
궁금했던 마음까지
모두 수선된 것 같다

허수아비

앙상한 뼈에 바람이 들 때 나는 깨어난다

공기를 딛고 살아가는 일은 하늘의 무늬를 읽기 위해서가 아니다

보리 이삭이 엎친 날이면 새 옷 꺼내 입은 등이 시리다

배가 고프다는 말을 까치처럼 지저귀던 할머니는 이제 내 이름을 기억하지 못한다

왼쪽으로 돌리면 과거로 돌아갈 수 있을까

햇살이 머리카락을 흔들고
은행나무가 창백한 가지를 털고

나뭇잎 소리를 들을 수 없는 귀 대신 뻣뻣한 목으로 희미한 소란을 따라간다

이제는 새들도 무서워하지 않는 외발 인생

까칠한 몸에 푸석푸석 헛배가 불러온다

뒤척여도 잠이 놓지 않는 밤 눈 동그랗게 뜬 채 바싹 마른 별치를
[illegible]고 있던 가늘고 검은 똥이 멸치가 간직한 바다의 크기였음을 것이다

제2부

따로 모은다 염을 하듯 손끝으로 만져보는 단단한 삶 뒤돌아서 눈물을 닦던 당신의 반도 이렇게 말라갔는지 짠내 나는 조각
[illegible]오려고 밤을 뒤척이던 별치 같은 사람들 넓은 비늘 시들며 닦고 새벽을 나선다 창밖 바닷소리 들릴 때마다 꿈틀거리는 액자

광주의 숨

줄기 사이로 볕 드는 드넓은 쉼터, 울창 숲에서
오늘은 나무가 된다
어릴 적 동무들은 어디에 뿌리를 내렸는지
속삭이듯 이름을 부르다 보면
기억처럼 쌓인 덕산 너덜이 있다
저 바위들이 절벽을 떠나 견딘 세월처럼
오래 다독이며 빛을 지킨 광주
다친 마음을 치유하려 무등산의 숨이 흐르고 있다
서로를 붙들고 쓰다듬는 바위에게 약수 한 모금 건네고
토끼등에 오른다
줄지어 선 나무들이 하늘에서 가져온
숨의 근원을
한 겹 한 겹 천천히 읽는다

엄마 바위

새벽 천황봉에 오르는 일은
엄마를 찾아가는 걸음이다
늘 같은 자리에서 기다리는 고향처럼
환하게 웃는 월출*
안개막 드리웠던 바위가 가슴을 열면
기다리던 해오름이 시작된다
산은 빛의 소실점
어둠이 걷히는 정상부터 창(蒼)이 밝아온다
새 빛을 모아 주는 산처럼
엄마 품은 늘 포근했으니
해를 맞는 아침
주머니에서 마르지 않은 어제를 꺼내면
아이의 눈물을 닦아주듯
젖은 그늘에 머무는 햇살
입을 크게 열고 그늘진 마음마다
빛을 가득 채워 넣는다
모두에게 공평한 하루를 펼쳐주는
산은

내일도 같은 모습으로 하루를 시작할 것이다

* 월출산(전라남도 영암군 소재)

찔레꽃 이야기 1

수업 중 스피커가 터질 듯이 울렸다
—광주에서 폭동이 일어나 무장한 시민군들이……
놀란 교실은 흑빛으로 술렁거렸다
문을 닫은 운동장과
괴괴히 잠든 시골마을

고등학교에 다니던 아랫집 오빠는 이틀 밤을 걸어서 집으로 돌아와 젖은 빨랫감처럼 누워 있었다

벙어리가 되어버린 시간들
찔레꽃은 향기를 숨긴 채 피어나고
어른들의 귓속말은 담벼락을 타고 거리에 펄럭였다

도시는 푸른 제복의 부대가 차지했다
봉화대의 불꽃처럼 타오르던 도청 앞 광장
마지막 남은 땅이 유린당하던 날
분수대를 지키던 태극기만이 새벽에 젖어
건물 속 정지된 눈빛들을 응시하고 있었다

이름표 없는 꽃잎들이 거리에 흩날리고

아들이 돌아오지 않는다며 어머니는 맨발로 집을 나섰다

꽃송이에서
희고 붉은 합창 소리가
터져 나오곤 했다

찔레꽃 이야기 2

아이가 엄마 손을 잡고 묘지를 돌고 있다

맑다
오월
소년의 눈처럼

늙은 여자가 식은 국밥을 한술 뜨고
부르튼 눈으로 보퉁이를 쓰다듬는다
오래 쓰다듬는다

액자 속 검은 교복을 입은 학생과 눈이 마주쳤다

밥을 말아 올리던 혀가
소리 없는 아우성이라도 들은 듯
밖으로 붉게 달아오른다

눈부처처럼 피어오르는
어린 눈들

응시

묘지 울타리를 가르는 찔레나무들
언제부터 그 아래 살았는지 모른다
어젯밤
어깨를 들썩이던 여자가 축축함을 내려놓고 간 후
의자는 전염병에 걸린 듯 식은땀을 흘리고 있다
어둠이 걷히기 전에
아기 눈빛 같은 이슬을 모아 세수를 마쳐야 한다
환경미화원의 빗자루는 나의 넓은 품을 달래줄 것이다
햇살로 아침밥을 지어 먹고
뭉친 근육을 풀어줘야 한다
사람들이 몰려와 자신을 덜어내기 시작하면
나는 만삭의 배가 불러온다
겉옷의 색이 점점 야위어간다
더운 바람은 계절도 없이 불어오지만
체온은 비석 아래 쌓여가는 먼지를 닮았다
허물어져가는 몸에서 꽃을 피우고
나비가 내려와 노란 꽃가루를 털고 간다
목련꽃 봉오리 피워 물었던 가지에서
내부수리 중 푯말이 숨을 쉰다

입들이 가득 찬 방

신문 배달원이 다녀가는 시간

깨어 있는 자들의 입술이 움직일 때마다
갈라진 뒤꿈치들이 방바닥을 핥고는 사라진다
촛불의 심지가 겉옷을 한 꺼풀씩 벗기고 있다
초췌한 김 씨가 푸른 도배지를 이끌고
어둠 속으로 사라진다
혀 속에 갇혀 있던 거미줄들이 빠져나와
방 안에는 대형 거미집이 형성되어간다
빗방울은 창문을 두들기고
손가락 끝에 바짝 마른 입술이 달려 있다
가로등이 김 씨의 젖은 등을 밀어주는지
골목 끝에 매달린 그림자가 춤을 춘다
창문 틈을 비집고 들어오는 햇살 한 줌
거미줄을 구석으로 밀어낸다
대화가 침묵으로 돌아섰을 때
헛기침하며 들어서는 아침
벽에 붙어 있던 입들이
우르르 몰려나간다

일용직

버스들이 나란히 누워 있다
굳게 닫힌 입 서로 말이 없다
하루를 굴리느라 뭉친 근육은 밤에도
쉬 식지 않는다
고장 난 한쪽 어깨가 접혀지지 않은 채
눈을 감고 있다
머리는 일탈을 꿈꾸지만
노선 밖은 늘 위험하다
딱딱한 심장이 깊은 숨을 토해낼 뿐
매일 같은 길을 따라 오고 간다
총총거리던 발길이 뜸해지자
뭉개진 타이어를 접고 빈자리를 찾아든다

동트기 전 주유를 끝내고
하루의 시동을 거는
종점 같은
사람들

넷째 손가락

거친 발소리가 오고 있다
뜨거운 콧김을 창문에 부린다
머리가 희끗한 담쟁이와 눈이 마주쳤다
난간에 위태롭게 앉아 있는 땀방울들
벽을 움켜쥔 부르튼 손마디가 튕겨 나가고
몸에서 웃음 근육이 빠져나간다

돌멩이가 주춤주춤 굴러간다
단단한 몸에도 멍이 드는 것인지
부딪히며 돌다 보면 동그라미를 그릴 수 있을까

공장이 큰 입을 다물고 불을 끈다
노동자들을 밀어 넣은 차들이 서둘러 떠나고
낡은 모서리 끝에서 맴도는 불안처럼
동생의 손바닥엔 기름때가 가득 차 있다

용수철이 닳아빠진 소모품은 버려져야 돼

빨아도 얼룩이 남는

속울음

비명을 지를 줄 모르는 키 작은 남자는

발끝에 힘을 모으고 걸었을 것이다

제3부

논

공시지가 평당 오천팔백 원짜리 땅
가뭄으로 피가 마르고 살이 갈라져도
홍수로 방천이 무너져 내려도
새끼들 입에 밥 넣어주던 논
가난한 농부의 발소리를 들으며
손가락 지문을 빨아먹으며
늙어간 수렁논
논둑길 따라 소쿠리에
막걸리 풋고추 된장 나르던 소녀는
멀리 달아나버리고
수렁논에 빠진 몸뚱이 끄집어내던 농부는
흙으로 돌아가고
텅 빈 들판에 찰랑찰랑 물들어가는 소리
그 논 못 판다
아버지 못 판다

녹슨 낫

아버지는 낫으로 연필을 깎았다
밤마다 마루에 앉아 낫질을 하며
어린 자식들을 위해 중얼중얼 주문을 걸었다
자식들이 연필을 쓰지 않을 나이가 되자
시퍼렇던 아버지의 낫은 녹슬어갔다

손바닥 굳은살이 아리는 밤들

자식 농사가 한창일 때
아버지의 낫질하는 속도가 빨라졌다
베어지는 것들의 비명 소리도 높아졌다
낫의 깊이가 얇아질수록
손의 파닥임도 힘을 잃어갔다

새벽 문틈으로 새어나온 아버지의
잔기침 소리가 마당에 출렁인다
밤새 또 무엇을 위해 마음의 낫을 들었는지
자식들 위해 도려낸 조각이 수북하다

날을 세우고 울타리를 지켜낸 아버지를 위해

동트기 전, 녹슨

낫을 갈아야겠다

가족사진

삼대가 하룻밤을 보냈다
아픈 오빠는 참석하지 못했지만
사 남매와 가족들까지 풀어놓으니
펜션은 좁아 보인다

막냇동생은 비 내리는 남해고속도로를 달려왔다
집에서 만들어온 음식을 내려놓자
조카들이 몰려들어 젓가락을 휘두르고
빈 접시들이 널려 있었다
부모님의 눈은 손자들을 따라 웃고 있었다
후식으로 등장한 거시기 얘기와 프로야구 거시기
조카들 군대 문제 거시기로 옮겨 다니면서
방 안에는 이야기꽃이 수런거리고
떼창을 부르던 소쩍새도 잠든 깊은 밤
여기저기 아무렇게나 누워 코를 고는 가족들
먼저 잠자리에 들었던 엄마가
어둠 속에서 새끼들 이불을 덮어주고 있었다

나도 고개를 뒤척이는 척

슬그머니 이불을 밀어내고 순서를 기다렸다

창밖 늙은 참나무가
이파리마다 가족사진을 붙이고
엄마처럼 웃고 있었다

단팥빵

간판들이 불을 끄는 골목길 어귀
환하게 웃고 있는 단팥빵
집으로 데려온 몸에서
젊은 아버지 냄새가 흘러나온다

아버지는 샛별을 등에 지고 집으로 돌아오셨다
지문 없는 손가락으로
영산포구에서 가져온 비린내 스며든 단팥빵 하나
어린 딸 머리맡에 놓아두고
딱딱해진 몸을 온돌방에 녹이셨다

솜이불 속에 숨겨놓은 단팥빵에서
아버지의 땀내와 비린내가 새어 나오면
나는 초승달처럼 눈을 뜨고 핥아먹기 시작했다

무거운 아버지의 체온을 빨아먹던
나만의 방식이었다

뒤뜰에 대한 기억

수유를 마치면 키 작은 돌담에 등을 내려놓았다
텃밭에 자란 오이로 목을 축이고
돌담에 뭉친 어깨를 주무르면
대숲에서 불어온 바람이 그녀를 툭, 치고 지나갔다
아버지와 다투던 밤
달빛에 기댄 채 그림자로 울던
꽃무늬 손수건을 좋아했던 젊은 그녀

주름이 깊어질수록 뒤뜰과 멀어지고
등이 떠난 돌담에는 이끼가 혼자 놀고 있다

뒤뜰과 엄마는 돌아오는 계절처럼
다시 만날 수 있을까

달빛 켜는 밤

어미를 쫓아다니는 다섯 병아리
땅바닥을 움켜쥐고 지렁이 사냥을 배운다

위험한 밤이 찾아오면
몸을 숨기는 변신술을 배우고
하늘을 나는 꿈을 꾸는지 작은 날개를 파닥인다
살쾡이 같은 어둠이 물러가고
새벽 해가 닭장을 깨우면
수탉은 밤새 안부를 묻는 홰를 친다

땅을 헤집고 돌을 고르는 날들이 달력처럼 지나가고
병아리들이 자기 색을 찾아 짙어질 때쯤

윤기 흐르던 털들이 듬성듬성 빠지기 시작하는 계절
습관적으로 마당을 헤집던 늙은 닭 부부가
구부러진 부리로
물 한 모금 마시고 하늘 한 번 쳐다보고
몇 가닥 남아 있는 털을 모아 옷깃을 여미는 겨울밤

닭장을 열고 나오듯 마루에 앉은 엄마
해진 깃털 사이로 달빛을 담고 있다

수족관

엄마의 몸속에는 거대한 수족관이 있습니다
어린 물고기들이 꼬리를 치며
끊임없이 물풍선을 뿜어냅니다

엄마는 물이 말라버려 살이 터져도
견디는 진통 같은 것

올해는 김장을 며칠날 할끄나?

비늘 사이사이
다 큰 자식 위해 채워놓은
저 짠 손맛

고요한 바다에 얼굴을 들이밀면
조용한 파문이 빙그레 바라봅니다

탯줄을 빨아먹던 습관을 버리지 못해
뒷걸음질 치는 눈 코 입

맛있는 몸이 반짝거리는

양수가 넘치는 그곳입니다

연

연이 날고 있다

아버지는 겨울방학이면 신우대를 깎아 살을 만들고 비료 포대를 잘라 못난이 연을 만드셨다

꼬리를 길게 붙여야 높이 날 수 있단다

나는 긴 꼬리를 흔들며
멀리 달아날 수 있었지만
솔개처럼 마당을 빙빙 돌고 있다

펄펄 날고 싶은 아버지는
병원 침대 위에 살만 남아 묶여 있고

얼레가 끼익 소리를 질러요
헐렁한 가죽이 연처럼 팔랑거려요
앞산을 통과하지 못하고 나무에 걸려 있네요

젖은 날개로 먼 길 날아갈 수 있을까

천둥 번개가 치고

무지개가 뜨고

연이 높이 날아올랐던

그날

종부(宗婦)

나주 김씨 종부로 사십 년을 살아온
효부상은 모조리 받아버린 큰형님

치매를 앓으시던 시할머니 구십육 세에 떠나시고
우리 네 식구끼리 한 달만 살아봤으면
예쁜 옷 입고 일 년만 직장 다녀봤으면

아이들은 품을 떠나고
삼십 년 모시던 홀시아버지 떠나시고
덩그러니 부부만 남아
환갑이 되어 직업을 가졌는데
꿈이 얼마나 간절했던지
요양보호사 자격시험에 백 점을 맞았네
애초에 일 년만 다니겠다던 직장은
사 년 차에 접어들었네

틈틈이 농사지은 쌀 마늘 양파
구 남매 시동생 시누이 나누어 먹이고

한도 눈물도 없이

날마다 씩씩하게 익어가는

다산 종가 큰형님

이제는 찔레꽃 같은 종숙 씨

배꼽시계

— 유빈이

점 하나가 내게 들어왔다
가장 안전한 곳에 착상을 하고
우주를 향해 날아가는 꿈을 꾸었다
떨림이 째깍째깍 시간을 완성해가고
치킨 돼지갈비 사과를 주문했다
놀아달라 보채며 배를 차고 꼬집었다
둥근 배에 칼자국이 생기고
핏덩이가 빠져나왔다

탯줄을 잘라낸 자리에서
참외꽃이 피어났다
둥글게 말아 올린 어린 줄기가 허리를 세우고
공간을 확장해 나갔다

방황하던 까칠한 생명체는
발아 지점에서 빅뱅을 일으키고
반짝거리기 시작했다

갈라진 배 위에 살이 차오르고

칼의 기록이 희미해진다

소우주를 완성해가는 내 살점

매실

내가 솜털도 안 가신 열아홉 살에 시집이라는 걸 와서 밤마다 느그 아버지가 얼마나 무서웠는지 아냐 해 뜨기 전 들에 나가고 해 지면 집으로 돌아오고 새끼들 밥 멕이려고, 몸땡이가 부서지도록 일만 했는디……

단물 빠져 쪼그라든 몸은 시들어가고
향기가 빠져나간 정수리마다 꽃잎이 말라간다
굽은 손으로 바람 한 점 쥘 수 없어
그녀의 줄기가 점점 야위어간다

설탕에 재어 단물을 우려낸
항아리에 갇혀 쭈글쭈글 웃고 있는
빈 몸을 건져 올린다

앙상한 씨에 달라붙은 살가죽에서
새색시 엄마 냄새가 난다

제4부

함께 먹는다는 건

숙성된 김치를 듬뿍 넣고
소박하게 끓여 먹는 김치찌개 백반

잘 끓이려면
마음과 양념이 버무려져야 하지

맛있는 냄새를 기억하고
그 힘으로 아침을 나누는
식구들

숟가락이 어우러진다

냄비 안에서
서로를
껴안는 소리

입과 입이 뜨겁게 모이는
시간이다

체온을 나누는 순간이다

간이역

삼색제비꽃이 한창이네요
작은 연못에서 입맞춤하던 물고기들이 낯선 발소리에 놀라 몸을 숨기네요

우리는
미로 같은 그림자를
알아볼 수 있을까요

봄비가 대책 없이 내리는 플랫폼
벤치는 예전 그대로입니다

잡히지 않는 목소리를 더듬으며
옛 시간을 망설이는 사이

하행선이 매진되었습니다

눈물이 사라진 나를 설득해 집으로 돌아갑니다

얼룩은 봄비에 맡겨두겠습니다

오늘 광주 하늘은 흐림

잠들기 전까지 흐름에 대하여 생각했다
양떼구름이 바람과 달아나는 꿈을 꾸고
흐름의 형상들이 드나들었다

아침에 맑은 눈으로 다시 읽어보았다
흐름이 아니고 흐림이다
난독증 때문에 글을 잘못 읽었다고 했더니 선생께서
나이 때문에 눈이 흐려져서 그렇습니다
친절히 밑줄을 그어주셨다

흐린 눈으로 하늘을 올려다보았다
비행기가 울퉁불퉁한 오솔길을 토해내고 있었다
태양이 생각의 늪에 빠졌는지
구름 속에서 미동도 않는다

개똥수박

푸른 눈이 돋아났다

꽃이 피고 애기 수박이 열렸다
비와 햇볕을 받아먹고 줄무늬가 선명해지고 있다
밤이면 얼룩말이 되어 흥분된 눈으로
뛰어다니고 있다

요양병원 가는 길은 브레이크를 자주 밟게 된다

우리는 어색한 침대에 앉아
앙상한 눈으로 출렁인다

수박은 요염하게 줄무늬에 붓질을 하고 있다
나는 선홍빛 속살을 상상하며
몇 겹의 옷을 벗겨낸다

꽃 배달을 마친 트럭이 서둘러 장례식장을 빠져나간다

뜨거운 약

여름이 수돗가의 호스처럼 둘둘 감겨 있다

밤마다 바람난 발이 안심 떡방앗간을 다녀오는지
내 몸은 회전그네를 타고 있다

소녀 시절에도 어지럼증이 있었다
엄마는 황소 생간이 좋다며
오일장에 가시는 날에는 핏덩이를 사 와 내게만 먹이셨다
안 먹겠다고 떼를 쓰는 내게
엄마는 제비처럼 먹이를 집어넣곤 하셨다

생간보다 손끝에 묻은 짠맛이 좋았던 그때
지금도 날것을 못 먹는 나는
촌색시 같은 생간 냄새로
엉킨 실타래처럼 뜨거워지곤 한다

내 눈 속엔 여전히 어지럼증을 앓는 소녀가
이마를 찡그리고 있다

그들이 사는 법

내가 세 들어 사는 아파트에는

천리향 아가씨가 삼천 그루
벚나무 아줌마가 팔십 그루
개미 아저씨가 수만 마리
새침데기 길냥이는 열두 마리가 산다

밤새 봄눈 내린 날에는 비질하는 소리가 알람처럼 들려왔고
목련꽃 필 때는 길냥이 쮸쮸가 꽃향기에 취해 콧구멍을 연신 벌렁거렸다
밤이면 불면증에 걸린 윗집 라디오, 옆집 남학생의 코 고는 소리, 술 취해서 싸우고 술 취해서 기분 좋은

네모난 집들이 다닥다닥 붙어서 말동무하는
울퉁불퉁 재밌는
유림로 175번지

퍼즐 조각처럼 흩어져 살아도

하나가 빠지면 텅 빈 계절 같은 여기

나는 그들과 함께 오늘을 채우고 있다

너에게 가는 길

김밥 두 줄
단풍잎 닮은 사과 한 개
푸른 하늘이 들어 있는 초대장

새소리 풀벌레 소리들이
굿을 하고 있었다
에헤야 디야 소리를 보태고
뿌우웅 장단을 맞췄다
도토리 한 알이 정수리를 톡 건드리고
발등을 찍었다
통증이 온몸을 관통하고 굴러갔다

나무 풀 꽃 구름 바람 비
그들이 불러주는 노랫소리에 머물러
풍경에 기울이는 말랑한 심장
푸른 하늘이 바다로 마술을 부리는

나는 이 길이 좋다

너를 만나러 가는 길에 끝자락이라 좋다*

* 〈나는 상수역이 좋다〉(YB) 가사 인용

말복

내 이름은 흙구 누나가 지어주었어 풍돌이 말복이 똥개도 있지만 그래도 나는 흙구

누나는 나를 잘생겼다고 해 사진을 찍어 카카오톡에 올리고 잘생긴 흙구라고 썼어 흙구야 누나가 부르면 눈을 동그랗게 뜨고 45도 얼짱 각도로 고개를 들어주곤 해

내 눈이 슬퍼 보인다고 해 어느 날 형님 누님들의 대화를 듣고 말았어 나를 말복이라 부르는 술고래 형님이 말복 날 솥단지를 걸겠다고 해 누나는 걱정 마 말복 전날 네 목줄을 풀어줄게 하는데

검은 구름은 두렵지 않아 처량한 밥그릇에 코를 박고 꼬깃꼬깃한 미련을 버리지 못할 누나가 걱정될 뿐이야 술고래 형님이 미끼를 던져주고 갔어
덩 덩 쿵따쿵
누나가 장구를 울린다

컹, 컹

눈꺼풀 위에서 춤을 추는

우리만의 가락

말랑말랑한 감정

봄비 속에 떨고 있는 홍매화 식구들 비릿한 향기를 흘리고 있다

구석에서 비를 읽던 길고양이 레옹이가 입맛을 다신다

비 그친 후 속 젖은 가슴을 펼쳐 보이는 꽃송이들

쥐를 잡듯 아지랑이를 낚아채 바닥을 움켜쥐는 레옹이

뒷짐 지고 지나던 바람이 휘파람 같은 봄을 떨어뜨리고 간다

우수처럼, 가만히 오래 머물게 하는 시절이 있다

먼지의 시간

미래의 달력을 넘기는 일은 흥미롭다
나를 사로잡으려고 피어오르는 연기는
한 통의 편지 같은 일

숲에서 사는 이들에게는
비와 바람 햇살만으로 끼니가 되는 날들이 있다

공사장 귀퉁이에 내동댕이쳐진 안전화 한 켤레
오래되지 않은 듯
벌어진 입에서 축축한 먼지를 뱉어낸다

조등처럼
먼지는
소리 없이 흘러간다

문틈을 스쳐 지나고
예민한 시간은 빈자리를 채우기에 여념이 없다
뿌옇게 부풀어 오르는 새벽 어스름
머뭇거리던 시간이 하나둘 켜지기 시작한다

몽유병

낯설게 하기의 실패라고 붓질을 했다

총을 든 군인들이 짐차에서 내리기 시작했다

시곗바늘은 새벽 2시에 고정되어 있었다

잠이 덜 깬 입술이 내뱉는 노래를 따라 불렀다

옷을 걸쳐야 하는데, 하는데, 하는데

알몸 같았다

빵 속에 갇혀 있던 글자들이 팥알을 내뱉기 시작했다

인연

길모퉁이를 수십 번 돌아온 알몸으로
여자들은 울퉁불퉁한 물속에서 만난다
언제나 몸에 꼭 맞는 물의 옷
나이테가 된 굳은살을 불리고 있다
깊어진다는 건 다른 벽이기도 해서
물 위에 어지럽게 널려 있는 발자국들
한 줄 기록을 남기고 집으로 돌아간다
보따리를 풀어놓지 못한 나는
그곳에서 길을 잃었다
더 촘촘해지기 위해서
못난이 달력을 꺼내놓았다

어떤 길

철길이 기차의 무게를 받으면
기차는 무게를 버리고 달릴 수 있다

속도를 줄이지 않아도 되는
시골 역에서
전깃줄에 앉아 있던 참새가
느린 바람에 잠시
깃털을 부풀렸다 조이고

가로등은
졸린 눈으로
지나가는 기차를 쳐다본다

나는 꿈에서 깨어
기차가 뿌리고 간 글자들을 생각한다

꿈에서 본
문장들은 은밀해서

빠르면 읽을 수 없다

거꾸로 느리게 되짚어본다

무거운 소리들이
머물다 떠났을 역

찾아가는 길은 묻지 않기로 한다

여기 혀가 있어요

축축한 집에 살아요

햇살이 그리워 머리를 내밀어보지만 다시 돌아가야 하죠

집을 나와 막춤을 추다 의사에게 끌려간 적도 있어요

갈치조림을 먹은 날은 개수대에서 바다 냄새가 나요

거품 속을 헤엄치는 지느러미를 본 듯도 하네요

침으로 도배를 마친 천장은 사계절 젖어 있어요

흐린 눈을 위해 노래를 불러주었어요.

박하사탕을 즐기는 나는 과거를 빨아먹고

꼬리를 자르고 다음 계단을 향해 가요

해가 쨍한 날이면 구름 지도를 검색하고

눈만 깜박거릴 때가 많지요

여기 혀가 있어요

통제구역에서 혼자 살아요

가끔은 사상범처럼 붉어져요

쓸데없이 근육이 단단해지는 일은 없어요

멸치 똥을 따는 밤

뒤척여도 잠이 들지 않는 밤
눈 동그랗게 뜬 채
바싹 마른 멸치를 다듬는다

작은 몸으로 품고 있던
가늘고 검은 똥이
멸치가 간직한 바다의 크기였을 것이다

말라버린 바다를 따로 모은다
염을 하듯 손끝으로 만져보는
단단한 잠

뒤돌아서 눈물을 닦던 당신의 밤도
이렇게 말라갔는지

짠내 나는 조각 하나
몸속에 담으려고 밤을 뒤척이던
멸치 같은 사람들

낡은 비늘 서둘러 닦고
새벽을 나선다

창밖 바닷소리 들릴 때마다 꿈틀거리는
액자 속 아버지의 눈

아침, 혹은

속을 다 드러내고
백구처럼 혓바닥을 늘어뜨리며 웃는

적당히 포장된
나의 그늘을 들여다보는

젊은 원피스에 군침을 흘리고
시들어가는 겉에 색칠을 하는

꿈틀거리는 정신분열을 눌러주고
평범한 뇌를 만들기 위해 국민 체조를 시작하는

외딴섬 거친 모래를
오래 다듬으면
잘 익은 밥을 먹을 수 있을 것만 같은

낮에는 멀리서 거울을 보고

매운 꿈 꾸는

밤이 서둘러 두려운

체온으로 디딘 자리에서 풀이 돋고

최은묵

'딛다'는 머묾과 나아감 중 어느 쪽에 가까울까? 세상은 어디선가 머물고 어디론가 나아간다. 그중 한 곳, 그러니까 관념이 지독하게 고인 세계를 가슴으로 맞아야 하는 게 시인의 몫이라면, 이때 '딛다'는 시인이 어떤 세계로 부름을 받는 일이라고 해도 좋다. 이렇게 볼 때 '딛다'는 어떤 세계의 미분(微分)이며 한 편의 시는 사이사이에 자국으로 찍힌 이미지를 호명하는 과정이다. 이미지는 파편으로 존재할 때와 모여 있을 때 분명 소리가 다르다. 세계를 이루기 전과 세계를 이룬 후의 시적 파장이 다른 것처럼 말이다.

한영희 시인의 시집 『풀이라서 다행이다』는 머묾으로 간직했던 사유를 나아감의 화두로 제시한다. 시인의 눈은 대체로 긍정적이고 따뜻하다. 작고 낮은 곳의 사물과 그들이 뱉는 목소리에 기꺼이 마음을 내어주기까지 시인이 디딘 삶의 영역은 평면이 아니었을 것이다. 타자를 온전히 더듬는다는 건 불가능하다. 그 불가능함이 시인의 고유한 색을 만든다. 한 명의 시인이 바라보는 세계는 그래서 충분한 값을 지닌다. 이렇듯 시인이 온몸으로 디뎌 만든 자국을 연결하면 고유한 방향을 만날 수 있다. 방향은 지속적이다. 어디에서 어디로, 시인의 자국을 따라가는 동안 독자가 만날 수 있는 건 단순히 수십 편의 작품이 아니라 시인이 디딘 자국의 폭과 깊이도 포함된다. 『풀이라서 다행이다』에서 보여준 시편들은 삶의 언저리에서 어렵지 않게 만날 수 있는 사물들을 배경으로 한다. 하지만 시인은 그들을 통해 각각의 깊이를 발견한다. 때론 잔잔하게 때론 굴곡진 보폭에서 찾아낸 울림은 결코 쉽게 만난 것이 아니다. 시인이 사물의 목소리를 몸으로 녹이는 동안 그들의 목소리는 새로운 체온을 얻는다. 이런 온도가 바로 울림을 일으키는 힘이다.

지팡이에 이끌려 뒷골목을 빠져나온 노인이
왼발 오른발 규격에 맞춰 걷는다
울퉁불퉁한 길 위에서
넘어지며 살았으리라
몸이 기우뚱거릴 때마다
바닥을 잡고 일어서는 그림자
불꽃 같은 풍경을 굴리며 간다
바람이 불 때마다

한 꺼풀 또 얇아지는

발목

— 「풀」 전문

똑같은 상황에서도 시인마다 세상을 바라보는 온도는 다르다. 한영희 시인의 시선은 따스하다. 세상의 통증을 읽을 줄 아는 이유는 그늘에서 바라보기 때문이다. "울퉁불퉁"은 불편하다. 시는 이런 불편함에 한 걸음 더 다가서는 일이다. 대상의 겉이 아니라 속을 보기 위해서는 울퉁불퉁한 길을 두려워하지 말아야 한다.

"노인"은 늙은 사람이면서 동시에 오래된 생각이다. 표면적으로 드러난 "노인"의 모습은 쉽게 넘어지고 힘들게 일어선다. 오래된 생각도 이와 별반 다르지 않다. 시간이 지나면서 두터웠던 신념은 변색되고 점점 두께가 얇아진다. 어찌 보면 이러한 변화는 당연한 섭리일지도 모른다. 그렇더라도 "바람이 불 때마다/한 꺼풀 또 얇아지는/발목"에 눈길을 두는 일은 시인의 책무다. "바람"은 거부할 수 없는 외력이다. 저항에서 순응으로 가기까지 숱하게 잡고 일어서야만 했을 바닥. 낮은 곳에서 낮은 몸짓으로 낮은 소리를 내는 '풀'처럼 바닥에 남은 자국을 오래 읽어야 했던 이유다.

그러나 나약함이라는 정도로 "풀"과 "노인"을 등치로 읽는 것은 심심하다. 우리는 "노인"의 걸음을 주시할 필요가 있다. 시인은 멈추지 않고 걷는 모습에 시선을 둔다. 풀과 노인은 둘 다

화려함과는 거리가 멀다. 이처럼 중심으로부터 먼 사물에서 사유를 끌어오는 일은 경험으로 얻은 가치에 부합하며 이런 가치는 쉽게 만들어지지 않는다.

> 무거운 소리들이
> 머물다 떠났을 역
>
> 찾아가는 길은 묻지 않기로 한다
>
> —「어떤 길」 부분

「어떤 길」의 마지막 부분은 오래 머묾과 나아감을 반복하며 단단해진 시인의 이데아가 감정적이거나 즉흥적이지 않음을 확인해준다. 고민의 시간은 시인의 방향을 예단하지 않는다. 확정되지 않은 방향은 흥미롭다. 한 권의 시집을 지나옴과 나아감의 사이라고 본다면 굳이 "길"을 묻지 않더라도 어떤 흐름을 통해 이후를 상상할 수 있다. 그렇다면 시인이 디딘 자국은 무엇일까?

"무거운 소리들"은 이 시집의 커다란 화두다. 곳곳에서 보여주고 있는 다양한 이야기는 가족으로부터 이웃과 사회로까지 확장된다. 한영희 시인은 왜 "무거운 소리들"을 찾아 머묾과 나아감을 반복했을까? "나는 절망을 잊기 위해 얼굴을 바닥까지 가져가곤 한다"(「공존」)라는 진술은 "무거운 소리들"을 외면하지 않고 함께 사유하겠다는 다짐이다.

바닷속 물고기처럼

꽃밭의 꿀벌처럼

자유를 꿈꾸는 곳으로

야옹 야옹 날아가거라

무덤에서 삼색 나비꽃이 훨훨 피어오르겠구나

— 「로드킬」 전문

길에서 죽음을 맞은 고양이는 시대 상황을 상징적으로 보여준다. 죽음까지도 외면당한, 소외된 계층은 자유와 거리가 멀다. 죽음만이 자유로울 수 있는 수단이라면 얼마나 서글픈가. 그나마 다행인 건 시인의 눈에 비친 죽음은 멈춤이 아니라 새로운 진행이라는 사실이다. 날아가고, 피어오르고, 바닥을 딛고 살아야 하는 이들이 품은 꿈을 방관하지 않는다. 이렇듯 죽음을 애도의 차원에 머물게 하지 않고 굴레로부터의 해방으로 보는 시선이 시인의 일관된 사유라는 사실은 여러 작품에서 어렵지 않게 만날 수 있다.

"햇살 좋은 늦봄 오후 횡단보도 앞에 서 있는 남자 걷지 않아도 되는 순간을 환하게 웃고 있었다"에서 화자가 본 "절뚝거리며 걷는 남자"가 "걷지 않아도 되는 순간"(「햇볕이 들어온 날」)을 맞는 모습이라든지, "요양병원 701호 갑돌이 할아버지"를 통해

"죽을힘을 다해 지켜낸 밥알들"(「적막한 한 평」)이라든지, "병원 침대 위에 살만 남아 묶여 있"던 아버지를 바라보며 "젖은 날개로 먼 길 날아갈 수 있을까"(「연」)에서처럼 속을 애써 감추지 않는 시인의 마음은 다양한 사물에 투과하여 구체적인 이미지로 재생되고 있다. 그중에서 「연탄」은 세상의 낮은 곳에서 한 생을 살다 떠난 이들에 대한 시인의 심상이 확연히 드러난다.

속을 태우고도
가루가 되지 못한
연탄들
수의를 입고 있다

누군가
뜨거운 물 한 잔 마시고
밤을 녹였겠지

뜨거웠으면 그뿐

복숭아밭 끝자락에 제 몸 쌓아
봉분을 만들었다

떼도 입히지 않은
볼품없는 무덤에

내가 다녀가고
술을 치듯 공손하게 새들이 다녀가고
발자국도 없이 진눈깨비가 찾아오고

— 「문상」 전문

"연탄" 같다는 건 어떤 사람일까? 자신을 태워 타인을 데워주는 사람들, 드러나지 않은 곳에서 "속을 태우고도/가루가 되지 못한" 사람들이 바로 연탄으로 비유된 사람들일 것이다. 이들은 다수다. 그리고 이런 다수가 뿜어낸 열기는 뜨거움이 필요한 이들의 밤을 채워준다. 이쯤에서 사유가 피었을 것이다. 「문상」은 사물을 관통하는 시인의 감각을 충분히 보여준다. 하지만 이 시는 어떤 생이 연탄으로 비유되었다는 것에 그치지 않고 다 타버린 이후까지 살펴본다는 점에서 그 사유의 폭을 확장한다. 이런 점이 이 시집의 매력 중 하나다. 시인은 사물에 생명을 부여하고 그들이 사유를 위해 끊임없이 꿈틀거리길 기다린다. "복숭아밭 끝자락에" 버려진 연탄 더미를 "봉분"으로 보고 타자를 위해 한 생을 희생한 이들을 추모하는 묘사도 잔잔한 울림을 일으키지만, 이 시의 깊은 맛은 마지막 연에서 극대화된다. "내가 다녀가고/술을 치듯 공손하게 새들이 다녀가고/발자국도 없이 진눈깨비가 찾아오고"에서 우리는 시인이 쓰고자 하는 시세계의 방향과 의지를 엿볼 수 있으며 또한 머묾의 이곳과 나아감의 저곳을 연결할 수 있는 길 하나를 만날 수 있게 된 셈이다.

시인이 디딘 길을 함께 걷는 것을 공감이라고 한다면, 공감이 일으킨 파장은 독자로 하여금 불쑥불쑥 곁의 누군가를 떠올리게 한다.

> 앙상한 뼈에 바람이 들 때 나는 깨어난다
>
> 공기를 딛고 살아가는 일은 하늘의 무늬를 읽기 위해서가 아니다
>
> 보리 이삭이 엎친 날이면 새 옷 꺼내 입은 등이 시리다
>
> 배가 고프다는 말을 까치처럼 지저귀던 할머니는 이제 내 이름을 기억하지 못한다
>
> 왼쪽으로 돌리면 과거로 돌아갈 수 있을까
>
> 햇살이 머리카락을 흔들고
> 은행나무가 창백한 가지를 털고
>
> 나뭇잎 소리를 들을 수 없는 귀 대신 뻣뻣한 목으로 희미한 소란을 따라간다
>
> 이제는 새들도 무서워하지 않는 외발 인생

까칠한 몸에 푸석푸석 헛배가 불러온다

— 「허수아비」 전문

「문상」의 "연탄"처럼 「허수아비」도 사물의 겉이 아니라 속을 들여다보려는, 그래서 사물과 교감하려는 마음을 느끼기에 충분하다. "이제는 새들도 무서워하지 않는 외발 인생"은 이 시가 보여주려는 어떤 삶의 이미지다. 무서움을 잃은 허수아비란 효용성의 측면에서 볼 때 그 가치가 소멸한 상태다. 이전 어느 때인가부터 그 자리에 있었으니 지금도 같은 자리에 있는 게 익숙한, 마치 "앙상한 뼈"를 드러낸 늙은 아버지 같은 이미지에서 새로움을 찾는 건 쉬운 듯 쉽지 않다. 이 시가 묻고자 하는 것은 '시간'이다. 시간은 세상 모든 존재를 전과 후로 나눈다. 돌아봄은 이렇게 발생한다. "공기를 딛고 살아가는 일"과 "하늘의 무늬를 읽기 위해서"가 갖는 상관관계는 대비와 대조를 함께 이루는 사유다. 삶의 영역과 꿈의 영역에서 어쩔 수 없이 생긴 간극이 일으킨 삶의 회한은 '시간'이라는 가치 앞에서 무기력해진다. "왼쪽"은 그래서 "과거"의 방향이다. 돌아볼 수는 있지만 돌아갈 수는 없는 과거, 이런 사실을 인정할 수밖에 없는 현재, 그럼에도 '꿈'은 시간과 상관없이 움직인다. "하늘의 무늬"를 읽으려고 했던 것이 이전이었다면 "하늘의 무늬"가 되는 것은 이후일지도 모른다.

이런 사유는 한 개인의 삶 또는 역사적 사건을 돌아보는 과정에서 언제나 유효하다. 한영희 시인이 "오월"을 정면과 측면에서 바라보는 이유도 멈춰버린 시간을 움직이게 하려는, 다시 말해 멈춰버린 꿈을 머묾에서 나아감으로 진행하려는 목소리일 것이다.

아이가 엄마 손을 잡고 묘지를 돌고 있다

맑다
오월
소년의 눈처럼

늙은 여자가 식은 국밥을 한술 뜨고
부르튼 눈으로 보퉁이를 쓰다듬는다
오래 쓰다듬는다

액자 속 검은 교복을 입은 학생과 눈이 마주쳤다

밥을 말아 올리던 혀가
소리 없는 아우성이라도 들은 듯
밖으로 붉게 달아오른다

눈부처처럼 피어오르는
어린 눈들

— 「찔레꽃 이야기 2」 전문

방치된 고양이의 죽음을 쓴 「로드킬」이 오월의 거리를 비유

적으로 나타냈다면, 「찔레꽃 이야기 2」에서 보여준 묘사는 다시 오월을 맞는 묘역을 생생하게 묘사하고 있다. 보이는 그대로의 묘사는 자칫 서술로 흐를 수 있다. 하지만 감정에 함몰되지 않은 채 전달하는 오월의 통증은 더욱 아리다. 이처럼 객관적인 거리를 유지한 이미지는 강한 힘을 지닌다. 아직도 완전히 치유되지 않은 제주의 봄이나 광주의 봄처럼 우리 민족은 가슴에 근현대사의 아픔을 담고 산다. 시는 옳고 그름을 판단하는 법이 아니다. 시는 끊임없는 질문이다. 지나간 아픔을 통해 무엇을 배울 수 있는가? "벙어리가 되어버린 시간들"(「찔레꽃 이야기 1」)로 채워진 그때의 오월은 끊임없이 이후의 오월로 나아간다. 이런 걸음은 치유를 향한 몸짓이다. 시집 『풀이라서 다행이다』가 지닌 에너지는 시대를 분리하지 않고 이어가는 힘에 있다. 이것은 배척이 아니라 포용이다. "액자 속 검은 교복을 입은 학생"은 왜곡할 수 없는 진실이며 멈춰버린 시간이다. 시인은 그 진실과 눈을 맞추려 한다. 진실은 꾸밀 필요가 없다. 시인은 주저하지 않고 손을 내민다. 그 손끝에 찔레꽃이 피어 있다. 얼마나 더 울어야 "어린 눈들"이 눈물을 멈추고 활짝 꽃잎을 피울 수 있을까? "아들이 돌아오지 않는다며" "맨발로 집을" 나선 "어머니"(「찔레꽃 이야기 1」)는 바닥에 떨어진 붉은 꽃잎들을 울며 디뎠을 것이다. 이제 우리는 어머니의 맨발을, "이름표 없는 꽃잎들"을, 오월의 가슴을 감싸야 한다.

이런 시편들을 보면 시인이 보여주려는 공동체의 모습이 삶을 통해 자연스럽게 형성된 가치임을 알 수 있다. '함께'는 타자의 마음에 가닿으려는 구체적인 몸짓이다. 아버지를 포함한 가족으로부터 이웃과 역사의 단면까지 일관된 체온을 유지할 수 있는 까닭은 사유가 분명한 방향을 지니고 있기 때문일 것이다.

숙성된 김치를 듬뿍 넣고
소박하게 끓여 먹는 김치찌개 백반

잘 끓이려면
마음과 양념이 버무려져야 하지

맛있는 냄새를 기억하고
그 힘으로 아침을 나누는
식구들

숟가락이 어우러진다

냄비 안에서
서로를
껴안는 소리

입과 입이 뜨겁게 모이는
시간이다

체온을 나누는 순간이다

―「함께 먹는다는 건」 전문

시집이 지향하는 굵직한 소리 중 하나가 이 시다. "찌개"는 "함께"를 드러내기에 좋은 소재다. 점점 개인화가 심해지는 요즘의 시대에 식구가 한자리에 모이는 일은 쉽지 않다. 이런 일은 단순히 개인의 사정이 아니라 보편성을 지닌다. "숟가락이 어우러"짐으로써 파생되는 관계는 '나'로부터 '우리'를 구성한다. 이런 간단한 생각에서 차츰 커다란 세계로 공동체를 확장하기 위해서는 머리보다 가슴이 필요하다. 이것이 바로 타자에 이르는 시선이다.

시인이란 "냄비 안에서/서로를/껴안는 소리"를 들을 줄 아는 사람이지 않을까? 그렇다면 시인은 "체온을 나누는" 일에 주저함이 없어야 한다. 이 시의 배경은 가족의 아침 식사 시간이지만, 시공간을 바꾸고 세계를 확장한다고 해서 "마음과 양념을 버무"리는 행위가 달라지는 것이 아님을 잘 알고 있다. 체온을 나눈다는 건 타자의 그늘과 상처에 기꺼이 손을 내미는 일이다. 이런 몸짓이 위로이고 치유인 세계라는 건 숱한 자국들에서 어렵지 않게 확인할 수 있다. 바닥의 몸짓을 읽기 위해서는 낮아져야 한다. 이것이 바로 '풀'의 자세다. 낮은 곳에서만 들을 수 있는 소리는 통증이 짙다. 그렇더라도 그 통증만을 옮겨 적는 게 시인이 해야 할 전부일까? 이 시집은 이런 질문을 확장하고 섬세하게 긍정을 찾아내고자 한다. 이런 시도가 바로 머묾에서 나아감으로 방향을 만든다. 그러므로 우리는 시인의 나아감을 여전히 주시할 필요가 있다.

> 숲에서 사는 이들에게는
> 비와 바람 햇살만으로 끼니가 되는 날들이 있다
>
> 공사장 귀퉁이에 내동댕이쳐진 안전화 한 켤레
> 오래되지 않은 듯
> 벌어진 입에서 축축한 먼지를 뱉어낸다
>
> 조등처럼
> 먼지는
> 소리 없이 흘러간다
>
> —「먼지의 시간」 부분

"공사장 귀퉁이에 내동댕이쳐진 안전화 한 켤레"는 시선을 오래 머물게 한다. 노동의 무게와 삶의 질은 비례하지 않는다. 생계를 위한 노동에서 식사는 만찬이 아니라 "끼니"일 뿐이다. 노동력이 소모품처럼 취급되는 세상에서 현장의 오랜 침묵에 귀를 기울임은 끊임없이 '함께'를 외치는 시인의 목소리와 맞닿아 있다. 외면하지 않는 사람에게 사물은 입을 연다. 그들의 언어는 "소리 없이 흘러"가는 "먼지"처럼 작고 조용하다. 그것을 받아내기 위해서는 그들의 삶을 느낄 줄 알아야 한다. '함께'는 단순히 같은 공간에 머무는 게 아니라 그들과 같은 호흡을 필

요로 한다. 숨으로 뿜어내는 언어는 그래서 진솔하다. "끼니"를 위한 노동처럼 낮게 딛는 걸음에 치장은 불편하다. "안전화"가 끝내 말하지 못한 진술은 무엇일까? 한영희 시인은 그들의 버거움이 무엇인지 알고 있느냐고 세상에 묻는다.

내가 세 들어 사는 아파트에는

천리향 아가씨가 삼천 그루
벚나무 아줌마가 팔십 그루
개미 아저씨가 수만 마리
새침데기 길냥이는 열두 마리가 산다

밤새 봄눈 내린 날에는 비질하는 소리가 알람처럼 들려왔고
목련꽃 필 때는 길냥이 쮸쮸가 꽃향기에 취해 콧구멍을 연신 벌렁거렸다
밤이면 불면증에 걸린 윗집 라디오, 옆집 남학생의 코 고는 소리, 술 취해서 싸우고 술 취해서 기분 좋은

네모난 집들이 다닥다닥 붙어서 말동무하는
울퉁불퉁 재밌는
유림로 175번지

퍼즐 조각처럼 흩어져 살아도
하나가 빠지면 텅 빈 계절 같은 여기

나는 그들과 함께 오늘을 채우고 있다

— 「그들이 사는 법」 전문

"그들"은 시뿐만 아니라 삶으로써 함께하는 대상이다. 즉 한영희의 시세계는 삶의 저편이 아니라 삶의 현장이다. 남다르지 않은, 비슷비슷한, 그래서 시인이 말하는 "함께"는 굳이 말하지 않아도 익숙한 장면이다. "그들과 함께 오늘을 채우고 있다"라는 담담한 진술은 시인으로서의 삶에 대한 약속이다. 시집 『풀이라서 다행이다』 밑바닥에 깔아놓은 체온은 시인의 이런 고백을 증명하기에 충분하다. "채워도 자꾸만 비워지는//어떤 사이"(「봄에서 여름 사이」)란 바로 시인의 "그들"이고, "그들"이 바로 머묾과 나아감의 증인들인 것이다. "하나가 빠지면 텅 빈 계절 같은 여기"는 여전히 진행형이다. 그 텅 빈 곳에 가만히 손을 대면 알지 못했던 체온을 느낄 것만 같은, 그러다 불쑥 시인이 끝내 말하지 않은 무거운 숨결과 조우할 것 같은 「여기 혀가 있어요」에서 그것이 무엇인지 엿보기로 하자.

축축한 집에 살아요

햇살이 그리워 머리를 내밀어보지만 다시 돌아가야 하죠

집을 나와 막춤을 추다 의사에게 끌려간 적도 있어요

갈치조림을 먹은 날은 개수대에서 바다 냄새가 나요

거품 속을 헤엄치는 지느러미를 본 듯도 하네요

침으로 도배를 마친 천장은 사계절 젖어 있어요

흐린 눈을 위해 노래를 불러주었어요.

박하사탕을 즐기는 나는 과거를 빨아먹고

꼬리를 자르고 다음 계단을 향해 가요

해가 쨍한 날이면 구름 지도를 검색하고

눈만 깜박거릴 때가 많지요

여기 혀가 있어요

통제구역에서 혼자 살아요

가끔은 사상범처럼 붉어져요

쓸데없이 근육이 단단해지는 일은 없어요

—「여기 혀가 있어요」 전문

삶이란 광범위해서 무엇 하나로 단정 지을 수 없다. 이 시는 머묾을 지나 불분명한 방향에 대한 시인의 갈등이 극대화된 모습을 보여준다. "혀"는 말하지 못했던 오월이어도 상관없고, "다음"으로 나아가기 위한 시적 갈망이어도 좋다. 하지만 시인은 "혀"가 지닌 무게를 알고 있다. 소리가 혀를 벗어나 말이 되는 순간 어떤 힘을 갖는지 우리는 익히 안다. 시도 마찬가지다. 그러므로 좀 더 확장해서 살펴보면 "혀"는 곧 자신이며 그가 어떤 모습으로 시를 쓰는지 상상하기에 부족함이 없다.

"혀"는 입안에서 늘 따뜻하다. 어떤 차가움이 들어와도 따뜻하다. 시는 따뜻함을 유지하려는 마음에서 출발한다. 마음 깊은 곳에 "빨아도 얼룩이 남는/속울음"(「넷째 손가락」)을 누가 알아주지 않더라도 상관없다. "또 무엇을 위해 마음의 낫을 들었는지/자식들 위해 도려낸 조각이 수북하"(「녹슨 낫」)게 쌓이도록 밤새 잔기침을 쏟아낸 아버지의 모습을 또렷이 기억하는 시인은 아버지가 자식을 살핀 것처럼 또 자식이 아버지를 걱정한 것처럼 세상의 낮은 곳을 쓰기 위해 기꺼이 낫으로 연필을 깎을 것이다.

하지만 한영희 시인은 자신이 걸어가야 할 길이 "총을 든 군인들이 짐차에서 내리"(「몽유병」)는 꿈처럼 무겁다는 것을 안다. 머묾은 과거로부터 이어진 현재이다. 아버지와 가족들 그리고 오월 광주의 무거움도 모두 시인이 떨칠 수 없는 무게임을 부인할 수 없다. 나아감은 이런 무게를 덜어내는 과정일 것이다. 그 길이 얼마일지 모르지만 분명한 건 시인이 그 방향을 찾았다는 사실이다.

철길이 기차의 무게를 받으면
기차는 무게를 버리고 달릴 수 있다

속도를 줄이지 않아도 되는
시골 역에서
전깃줄에 앉아 있던 참새가
느린 바람에 잠시
깃털을 부풀렸다 조이고

가로등은
졸린 눈으로
지나가는 기차를 쳐다본다

나는 꿈에서 깨어
기차가 뿌리고 간 글자들을 생각한다

꿈에서 본
문장들은 은밀해서
빠르면 읽을 수 없다

거꾸로 느리게 되짚어본다

무거운 소리들이

머물다 떠났을 역

찾아가는 길은 묻지 않기로 한다

—「어떤 길」 전문

한 권의 시집에는 시인이 남긴 자국이 숨어 있다. 자국이란 두려운 세계다. 그럼에도 자국을 남긴다는 것은 두려움을 견딜 준비를 마쳤다는 증거다. 이제 두려움은 혼자의 몫이 아니라 '함께' 나눠야 한다. "새벽 2시에 고정되어"(「몽유병」) 있는 기억들을 "거꾸로 느리게 되짚어보"는 동안 시인으로서의 한영희가 위치했던 자리는 '풀'처럼 낮은 곳이었음을 알 수 있다. 그곳에 "그들"이 있다. 그러므로 "시골 역"은 '머묾'과 '나아감'의 전환이 이뤄지는 장소다. "무거운 소리들이/머물다 떠났을 역"에서 시인은 "무게를 버리고 달릴 수 있"는 방향을 응시한다.

이제 "차가운 식탁을 데우"(「공존」)는 일은 혼자가 아니라 '함께'의 몫이다. '함께'란 따뜻해지는 뿌리다. 그곳에서 또 풀이 피어나고 낮은 곳에서 만난 "그들"의 마음도 데워질 것이다. 그즈음, 그러니까 아버지의 땅에 찔레꽃이 피고 지고 다시 피는 어느 즈음 "꽃송이에서/희고 붉은 합창 소리가/터져 나오"(「찔레꽃 이야기 1」)는 진짜 오월을 만날 수도 있지 않을까? 어쩌면 한영희 시인의 방향은 "부딪히며 돌다 보면 동그라미"(「넷째 손가락」)가 되는 세상, "얼룩은 봄비에 맡겨"(「간이역」)두어도 좋은 세상일지도 모른다. 하지만 시인이 "찾아가는 길은 묻지 않기로" 했듯이 우리도 섣불리 그 방향을 짐작하지 않기로 하자. 다만 시인이 디딘 자리에서 피어난 '풀'이 어느 낮은 세계로 마음을 기울이는지 그것을 놓치지 않고 지켜보면 될 일이다.

崔恩默 | 시인

푸른사상 시선

1 **광장으로 가는 길** | 이은봉 · 맹문재 엮음
2 **오두막 황제** | 조재훈
3 **첫눈 아침** | 이은봉
4 **어쩌다가 도둑이 되었나요** | 이봉형
5 **귀뚜라미 생포 작전** | 정원도
6 **파랑도에 빠지다** | 심인숙
7 **지붕의 등뼈** | 박승민
8 **살찐 슬픔으로 돌아다니다** | 송유미
9 **나를 두고 왔다** | 신승우
10 **거룩한 그물** | 조항록
11 **어둠의 얼굴** | 김석환
12 **영화처럼** | 최희철
13 **나는 너를 닮고** | 이선형
14 **철새의 일인칭** | 서상규
15 **죽은 물푸레나무에 대한 기억** | 권진희
16 **봄에 덧나다** | 조혜영
17 **무인 등대에서 휘파람** | 심창만
18 **물결무늬 손뼈 화석** | 이종섶
19 **맨드라미 꽃눈** | 김화정
20 **그때 나는 학교에 있었다** | 박영희
21 **달함지** | 이종수
22 **수선집 근처** | 전다형
23 **족보** | 이한걸
24 **부평 4공단 여공** | 정세훈
25 **음표들의 집** | 최기순
26 **나는 지금 운전 중** | 윤석산
27 **카페, 가난한 비** | 박석준
28 **아내의 수사법** | 권혁소
29 **그리움에는 바퀴가 달려 있다** | 김광렬
30 **올랜도 간다** | 한혜영
31 **오래된 숯가마** | 홍성운
32 **엄마, 엄마들** | 성향숙
33 **기룬 어린 양들** | 맹문재
34 **반국 노래자랑** | 정춘근
35 **여우비 간다** | 정진경
36 **목련 미용실** | 이순주
37 **세상을 박음질하다** | 정연홍
38 **나는 지금 외출 중** | 문영규
39 **안녕, 딜레마** | 정운희
40 **미안하다** | 육봉수
41 **엄마의 연애** | 유희주
42 **외포리의 갈매기** | 강 민
43 **기차 아래 사랑법** | 박관서
44 **괜찮아** | 최은묵
45 **우리집에 왜 왔니?** | 박미라
46 **달팽이 뿔** | 김준태
47 **세온도를 그리다** | 정선호
48 **너덜겅 편지** | 김 완
49 **찬란한 봄날** | 김유섭
50 **웃기는 짬뽕** | 신미균
51 **일인분이 일인분에게** | 김은정
52 **진뫼로 간다** | 김도수
53 **터무니 있다** | 오승철
54 **바람의 구문론** | 이종섶
55 **나는 나의 어머니가 되어** | 고현혜
56 **천만년이 내린다** | 유승도
57 **우포늪** | 손남숙
58 **봄들에서** | 정일남
59 **사람이나 꽃이나** | 채상근
60 **서리꽃은 왜 유리창에 피는가** | 임 윤
61 **마당 깊은 꽃집** | 이주희
62 **모래 마을에서** | 김광렬
63 **나는 소금쟁이다** | 조계숙
64 **역사를 외다** | 윤기묵
65 **돌의 연가** | 김석환
66 **숲 거울** | 차옥혜
67 **마네킹도 옷을 갈아입는다** | 정대호
68 **별자리** | 박경조
69 **눈물도 때로는 희망** | 조선남
70 **슬픈 레미콘** | 조 원
71 **여기 아닌 곳** | 조항록
72 **고래는 왜 강에서 죽었을까** | 제리안
73 **한생을 톡 토독** | 공혜경
74 **고갯길의 신화** | 김종상
75 **고개 숙인 모든 것** | 박노식
76 **너를 놓치다** | 정일관
77 **눈 뜨는 달력** | 김 선
78 **거꾸로 서서 생각합니다** | 송정섭

푸른사상 시선 149

풀이라서 다행이다